KB053404

현대시세계 시인선 105

별다방 미쓰리

별다방 미쓰리

도서출판 북인

시인의 말

언제고 찾아올 빙하기였다. 쉽사리 녹지 않을 걸 알지 못했다. 폭설이 쌓인 식량창고엔 푹푹 빠지는 발자국만 남아 이별을 준비하던 사람들은 갑자기 이별을 고했고 외로운 사람들은 더욱 외로워졌다. 빙하 속에서 오지 않는 잠을 청할 때마다 입안에 알약 같은 눈물이 굴러다녔다. 눈물 한 알 삼키고 얼음 조각 한 잎 베어물면 그리움이 부어오르고 또 한 잎 베어물면 여지없이 길을 잃었다.

그 길목에서,
오래 기다려준 당신께 나의 첫 시집을 바친다.

2019년 10월
조현정

차례

2부

3부

4부

1부

오! 블루베리

나는 이제 눈이 좋아져
검법남녀를 김밥남녀로 읽지 않아도 되고
소홀했던 애인들도 애정애정 바라볼 수 있을 터

기다려

나는 이제 곧 살집이 오르고 아름다워질 거니
낭창낭창, 낭창 걸음으로 산도 잘 오를 거니
여태 손 잡아준 나무들과
힘내라고 노래해준 새들과
그 자리에 있는 것만으로 좋았던 풀꽃들에게
동네서 제일 착한 바보처럼 웃어줄 테니

다시 살아난 세포들로 마음 주름도 펴질 테니

어쩌면
열렬히 미워했던, 보랏빛 당신을 불러내
명랑하게 "오! 베리 블루" 할 수 있을지도

별리 別離

당신 몸에 모란이 피었네요
당신이 마당이었던 것을 알겠어요

아물지 않는 상처는 모두 붉은 모란이에요

당신에게 핀 붉은 모란
한번도 그 공허한 눈빛을 묻지 못했어요
이제야 모란을 찾아 더듬거리며 울고 있어요

꽃은 마음에다 심는 게 아니었어요

모란이 살던 계절은 저물었어도
나는 저절로 붉어져 꿈을 꾸어요
당신의 빈집 마당에 귤빛 나비를 풀어요

그러고 보니 내가 다시
당신의 붉은 모란 마당을 비질하고 있네요

안녕, 할머니엄마

초록 신발

슬리퍼를 벗어 머리를 갈기는 학교에 들어가고부터
더 이상 발이 크지 않았다

빗물이 잡표 운동화 천을 뚫고 들어와
엄지발가락 끝부터 서서히 물들이는 동안
떠난 엄마는 맞지 않는 초록색 신발을 보내왔다

그 여름내
빗물은 독毒의 빛깔을 머금고
할딱대는 초록 신발을 신고 다녔다

소녀는 알 수 없는 두통으로 비칠거릴 뿐
더 이상 크지 않는 발이 두렵지 않았다

신발을 가지런히 벗어놓고 가버린 사람보다
어지러이 벗어놓고 가버린 사람을
좀 더 오래 기다린다는 것을 알고부터
발이 크지 않는 이유가 궁금하지 않았다

초록색 신발을 신고 왔다고 교문에서 벌을 서면서
더 이상 발이 크지 않았다

뮬리밭에서

섬 휴가, 그건
언제든 달아날 수 있을 거라는 느긋한 농담이었다

목을 곧추세우고
다리는 되도록 길어 보이게 펴고 여유롭게 걸어야 해
엉덩이를 조금 실룩거려보는 것도 좋겠지

그녀는 앞선 걸음을 보여주며
자줏빛 아지랑이 속으로 걸어들어갔다

처음부터 언제든 떠날 수 없다는 걸 알았던 걸까
출렁대는 자줏빛 아지랑이

놀랄 새도 없이 결별의 순간을 맞는 날이면
무릎이 먼저 꺾이고 숨소리가 서걱거렸다

사는 동안
왜 꺾이고 어지러이 뭉그러진 데가 먼저 보였던 건지

그리운 걸 자꾸 삼키다보면

가슴 한가운데서
함부로 끌려다니는 거친 바람소리가 났다

다리를 곧게 펴는 게 중요해

마음 종종걸음으로 집에 가면서
자줏빛 아지랑이 사이로
눈부시게 멀어지는 그녀를 가만히 바라보았다

위로

슬픔도 앓아누운 새벽
으스스 추워질 때
이불을 덮어주며 포옥 감싸주는 당신
당신 모습으로 온
나

그녀와 그녀

저녁이 오면 식구들은 하나둘 놀아달라 보채는데 그녀는 놀아줄 수 없다 알아들을 수 없는 말 반복적으로 들어야 하는 귀와 늘어난 눈치가 전부인 그녀, 억울이라고 이름 붙였다 자기 의사와 상관없이 애완동물로 사는 게 얼마나 억울하겠냐고 억울이다

슬플 때보다 억울할 때 눈물이 더 많이 난다 오늘은 억울한 날이다 그녀는 재빨리 뒤란으로 숨어버리고 정오의 마지막 이슬 같은, 세상 슬픈 종자란 종자들은 죄다 끌어와 그녀 앞에 무릎을 꿇린다 한바탕 울고 난 그녀, 자기 손톱을 깎다가 그녀의 발톱을 깎아주고 자기 머리를 빗다가 그녀의 털을 빗겨준다 슬픔과 쓸쓸함의 비밀한 연대

떠돌이 친구가 떠나간 구멍 속을 하염없이 들여다보며 앉아있던 그녀, 억울아 부르는 소리에 달려들어가는 그녀, 그리울 때보다 그립지 않을 때가 더 미칠 것 같다는 그녀를 잡아 혼이 나가도록 샤워를 시키고 다른 날보다 더 세심히 말려주는 모습이 그녀가 그녀를 끌어안은 것 같기도 하고 그녀가 그녀를 끌어안은 것 같기도 하다

서로가 서로의 반려동물이 되어가는 그녀와 그녀

두려움이 더미더미 1

윗집 아이의 별명은 콩콩이다 내 아이 어릴 적만큼이나
콩콩 잘 뛴다고 붙인 별명이다 고놈 참 재기도 하지 후후아
저씨랑 사는 나는 날도 좋은데 나가서 뛰지 왜 굳이 좁은
집구석에서 뛰느냐고 천장만 노려보는 투덜이아줌마다 비
오는 주말은 시라도 긁적거리려 모니터 앞에 앉아보는 것
인데 기다렸다는 듯 콩콩이는 단거리 육상선수로 변신한다
비 오는 주말은 콩콩이에게도 실내 달리기하기 딱 좋은 날,
창으로 들어오는 바람을 가르고 콩콩이엄마가 휘슬을 분다
투덜이아줌마 시 쓴단다 뛰어라! 콩콩! 시가 쓰단다 달려
라! 콩콩! 초인종 소리에 붙은 화딱지를 눈치챈 콩콩이엄마
빼꼼히 고개를 내밀고 별로 안 뛰었는데요 예민하신가봐요
어느새 달리기 트랙은 바로크 풍 카페트가 깔리고 빨래를
걸치고 서 있는 허들은 능청스럽기만 하다 베란다에 구겨
넣은 축구 골대만 골대망 자락을 미처 숨기지 못해 콩알만
한 콩콩이가 가리고 서 있다 예민이라니 한번 내려와보시
죠 콩콩이엄말 끌고 내려갈 판인 나는 그날 진정 콩콩이만
큼 작아졌는데 콩콩인 현관문이 닫힐 때까지 이쪽을 길게
바라보았다 콩콩이는 이제 콩콩이가 아니다 집안에서 뛰지
않을 만큼 컸지만 엘리베이터에서 만난 내게 인사하지 않
는다 엄마가 인사를 시켜도 인사하지 않는다 나는 콩콩이

의 이름을 모르고 콩콩이는 저만치서 나를 보면 슬쩍 피해
간다

두려움이 더미더미 2

과일이 가면 백합꽃이 오고 과질이 가면 장미꽃이 오는 402호 노부부는 고요하다 바람직한 이 401호의 앞집은 한 달에 두어 번 소주병 열댓 개를 내놓을 때도 고요하고 나란히 꼭두새벽 운동을 갈 때도 고요하고 아들 며느리 손자 손녀 다 모여도 고요하다

새벽 신문이 도착할 때쯤 들어온 401호 여자가 소리친다 여자가 넘어진다 여자가 운다 어제가 실린 오늘 신문을 받치고 얼룩진 눈에 안약을 들이붓는 아침, 간밤에 남겨놓은 몇 방울의 눈물을 마저 흘린다 402호 노부부가 혀를 찬다 쯧쯧, 그 남편 참 힘들겠다

누구든 마주치면 목례만 하는 여자, 말이 없어진 며느리, 피하진 않지만 가급적 마주치지 않으려는 누나, 불면증으로 예민해진 언니, 자꾸 누워만 있으려는 엄마, 아무것도 치우지 않는 아내 그리고 쯧쯧, 그 남편… 402호 노부부가 작고 느리고 고요하게 여자를 지나쳐간다

이상한 봄이 왔다

어떤 날은 옷을 뒤집어 입고 출근해 모르고 있다가 퇴근해서야 밖으로 보이는 옷 솔기를, 어떤 날은 실내화를 신고 퇴근해 모르고 있다가 아침나절 현관에 구두 대신 널브러져 있는 실내화를, 신기한 듯 들여다보고 서 있다

이래서 한번 저래서 한번 내가 골백번 뱉을 땐 막말인 줄 모르다가 그가 무심코 뱉은 한마디, 등짝에 딱 들러붙어 아무리 진저리를 쳐도 떨어지지 않는다 무시하는 사람 없는데 무시당하고 아무도 혼자 두지 않는데 늘 혼자다

브라운관 속 출연자가 조금이라도 울먹이면 눈물이 뚝뚝, 웃기려거나 웃긴 출연자에겐 사정없이 웃어주고 누구든 무엇이든 뚫어져라 쳐다보며 한시도 조용할 날 없는 관 속에 누워있다 이틀 상간으로 홈쇼핑 택배가 도착한다

이상하건 이상하지 않건 봄날은 가고 또 온다

어떤 봄은 시를 써도 시인이 아닌 것 같고
어떤 봄은 시를 못 써도 시인인 것 같다
어떤 봄은 벚꽃이 먼저 지고 어떤 봄은 목련이 먼저 진다

바닥에 대하여

바닥은 달팽이보다 깊더란 말이지
기어다니는 것들의 먹이보다 깊더란 말이지
살고 싶어 맨살 비비는 데더란 말이지
몸뚱이가 곧 말씀이더라는 말이지

아, 우리
그건 이불처럼 시시한 모순이지
내 사랑이 추울까봐
바닥에 몸을 둥글게 말고 울지
울다 엎드려 텔레비전을 켜면
텔레비전엔 늘 무언가 재방송되고
사랑을 나누는 동물이나 가시 달린 꽃나무들
피 터지게 싸우는 인간들의 사랑이거나
요동치다 단내 나는 절정들만 있지

바닥은 눌은 자국이지
부럽다는 말을,
눈물에 손가락을 찍어 바닥에다 써보는 그런 날이 있지

그러면 나는

청록의 물그림자 너울대는 해초숲을 헤엄쳐
심장이 터지도록 튀어오르곤 하지
물방울 바닥을 딛고

거울이 있는 병실 풍경

소리 없는 비명의 날들은
언제나 삶을 잘 여미기도 전에 찾아온다

아무 상관없는 것이 있을까
나와 얼굴이 같은 민머리 여자
동굴처럼 성가시게 입을 벌리고
그르릉그르릉 울고 있다
목에 박힌 관을 따라 들어간 호스
서리꽃 핀 나뭇가지 사이를 돌아다니며
몸속을 긁고 있다

사랑에 발등 찍혀 절절매었느냐
막차가 끊어진 정거장 서성대다
매운바람에 눈물 떨구던 날 있었느냐
날이 밝으면 어린 자식들은 누군가의 손을 잡고
노란 승합차를 기다려야 하는
한날 하품 같은 것들이 서러운 눈알을 굴리며
지나간다

저 멀리 눈발을 헤치고

사람의 눈동자를 가진 독수리 한 마리
거울 속 깊이 고랑을 내어
피 묻은 깃털의 뿌리를 심었다
머지않아 펄럭이는 날개 틔우리라

그녀의 넘어갈 듯 걸쳐진 눈동자에
아스라이 물들어 있는
나,
당신

지나간 가을 이야기

바가지 가득 콩을 씻다가
콩 한 알 굴러떨어지니
그 한 알 주워담으려다
애꿎은 가엣것들 건드려 열 알 떨어뜨렸다

한마디 맞받아치다 걷잡을 수 없게 된 싸움처럼

네 말에 내가 얼마나 아픈지 알아도
내 말에 네가 얼마나 아픈지는 몰라
주워담을 수도 없는 것들이
서로 잘났다고 사방팔방 튀어다녔다

놀란 천장이 한 뼘 올라가고
방바닥이 눈물을 글썽이며 꺼져갔다

너를 위하여
한 옴큼 콩 없어 쌀을 안치는 일이
너를 위하며 사는 것보다 쉬운 일이건만
나는 자꾸만 콩을 떨어뜨렸다

한 알 주우려다 열 알 떨어뜨리고
열 알 주우려다 스무 알 떨어뜨리는
초가을 저녁

지나간 봄 이야기

나는 당신의 과수원에서 가장 못생긴 과수나무, 겨울밤이면 들고양이 되어 어둡고 후미진 곳만 골라다녔지 처음부터 그런 건 아니었어 모두 다 내 잘못이라고 몰아붙이지 좀 마 연분홍 꽃단장하고 당신만 기다리는 봄노래가 되기엔 눈을 너무 많이 맞아버렸어 새끼손가락 하나 얼었을 때 알아챘어야 했는데, 이미 너무 슬픈 뒤였어

지난 계절 친구들과 장작불을 피우고 쟁여놓았던 오디주 걸러 마시고 놀았지 텃밭 봄나물 한 봉지에 이웃 정 듬뿍 담아 한 움큼씩 나눠갔지 과일나무 꽃을 배경으로 가족사진이 아주 잘 나왔더랬지 당신은 앵두를 심어 나는 들깨를 심을게 앵두주 익어가는 동안 나는 들기름 꽉꽉 짜서 장에 나갈 테니 당신은 그래, 그렇게 해

나는 당신의 과수원에서 가장 못생긴 과수나무, 그런 게 밥 먹여주냐고 조금 있으면 아이가 고등학교 가는데 대학 가는데 어쩔 거냐고 퉁퉁대곤 했지 관정시설을 해놨으니 가뭄 걱정은 잡아매라고 자랑하는 당신이 더 이상 빛나지 않고 처진 마음 받쳐서 햇빛 골고루 받으라고 세운 지주대만 봄밤에 한없이 빛나는 걸 어쩔 거냐고, 어쩔 거냐고

석화石花

바다로부터 예인해온 잠을

수도 없이 자다 깨었을

그 바다로부터의 설화

칼을 보면 찌르고 싶어져

단단히 물고 놓지 않는 실금의 굽은 처녀성

허기진 칼의 폭압

미운 자여,

순수의 전생을 받아들이는 속살은

영문도 모르는 뽀얀 눈물꽃들의 다른 동음

바다의 울음이 갓 피어나는 향내

지나간 겨울 이야기

다시 필까
꽃이 피면 좋겠어
다시 꼭

과수원에 든 겨울 속을 서성이던
나도 겨울이었지

겨울 과수원에서 돌아앉은
바람 울타리쯤 사는
늙은 느티나무에게
새 점괘를 들으러 가는 길

조금만 걸어도 금세 죽을 것 같았어

하늘 끝까지 숨이 닿는데
서둘러 바람을 풀어
그가 전갈을 보냈더군

서둘지 말거라
겨울은 하루씩만 견디는 거란다

봄은 늘 거기 있었단다
우리가 가는 거란다 아이야

꽃은
언제나 다시 피면 좋겠어

위험한 시작

그 햇살은 차고 더디게,
감은 눈을 파고들었어요
밥벌이에 지친 다리 풀어주고
날아다니는 길목 지켜주고
가끔 적셔오는 날개 잘 말려 다려주었지요

바라는 것 없이 사랑한다고 했던가요
때로 너무 많은 것은 없는 것과 같아요
귓속 부슬부슬 돋은 종기는
그 목소리 조금만 닿아도
불덩이 품은 눈물이 뛰쳐나오는 걸요

그만둘 수 없다면 잠시라도 멈춰줘요

응급실에 누워 가시만 앙상한 날개 비비며
어디가 아픈 줄도 모르고 미간을 찡그리던 너와
끝내 떠나지도 못하면서 목소리 한 겹 한 겹 접으며
견딜 날 셈하고 있는 그의,
시커멓게 피칠한 격투의 밤

막 출발하려는 무정차에 올라타
만 시간쯤 안심했고
만 시간쯤 행복했어요
막 잘못 탔다는 걸 알고부터
만 시간쯤 불안했고
만 시간쯤 뛰어내릴 용기를 상상합니다

덜컹일 때마다 차창에 머리를 찧는
죽은 벌 한 쌍을 싣고 종점 없이 돌고 있는
늙은 사랑의,
시작입니다

2부

순한 동네

그날 시인의 집이 불탔다

내 속에 불을 지르고 집으로 걸어들어가
타다 만 것들을 마저 태웠다

눈동자가 사라졌다
모두가 사라지는 광경이 순간 기우뚱했다

완전하고 불가역적 순한 동네가 나타났다고
텔레비전 방송국들이 앞다투어 중계방송하기 시작했다

다행히 사람들은 이웃을 잘 기억하지 못했다

깡그리 불타버린 동네에
사람들 속에 숨어 지내던 짐승들이
슬그머니 고개를 들고 웃었다

붉은 낮잠

꿈에
과일 스프를 끓이는 그녀의 뒷모습을 보았다

둥글게 굽은 목덜미를 타고
노을 몇 올이 부드럽게 흘러내리고
아직 할 일이 남은
얼굴을 바다 쪽으로 반쯤 돌리고 서 있었다
오래 같은 길을 함께 걸어온 노부부의 이마 같은 저녁
가을빛이 그녀의 어슬핏한 어깨를 감싸안으며 입을 맞추었다
발그레한 지붕과 창문
발그레한 나무와 빨래
발그레한 전봇대와 담장
창을 지나온 주황빛 공기로 그녀의 뒷모습은 따스했다
굳은살 갈라진 발뒤꿈치를 타고
실오라기 황금노을이 다리를 간질이고
아직 할 일이 남은
얼굴만 검은 밤바다 쪽으로 반쯤 돌아서 있었다
여름이 거의 끝나가는 지점
바다가 가을 쪽으로 조금 기울어 출렁였을까

과일 스프가 엎질러지고

달콤한 향이 한꺼번에 일어나 달아났다

답이 하나뿐인 퀴즈 혹은 달을 맞추러 달려간 거기엔

더 이상 빛나지 않을 날들 부스럭거리고

뒷모습은,

끝내 돌아서 내게 미소 짓지 않았다

꿈에

포도잼을 만드는 시간

당신은 머리를 냉동실에 처박지 말았어야 했어

자책하지 마
분노는 자분자분 졸여야 해
타버리거나 넘쳐버린 실패를 잊어서는 안 돼
그래, 지금처럼
이빨들은 강렬한 핏빛을 원해
당신에게서 향과 당과 색깔만 빼내려 하지

사느라 그랬겠지만, 당신은 물기가 너무 많아
이제 당신을 풀어헤치고 쓸모를 따져 거르고
바라보는 식구들 몰래 뭉근히 졸여야 해

아름다운 와인이 될 수도 있었겠지만
그건 당신 탓이 아니야
분명한 건, 이빨들은 아름다운 핏빛을 원해
점막을 쓰다듬는 향과 단맛과 부드러운 핏빛
먹을 때마다 당신 살을 기억해낼 거야

나는 지금 당신을 녹이던 시간을 추억하고 있어

마녀들의 아파트

401호 여자는 매일 밤 우리 집 초인종을 눌러 조금만 조용히 살아달라고 부탁했어요 남편이 예민하다나 뭐라나 여자는 눈썹이 기다란 초식동물의 눈을 가졌어요 아이가 드러머 같다는 말을 잊지 않았죠 사람들은 미안하다는 말에 잘 속아주니까 나는 미안하다고 말했어요 말만 하고는 춤추는 고양이들을 불러 밤마다 파티를 즐겼죠 여자의 남편은 자꾸 여자를 우리 집에 보냈고 나는 여자의 남편에게 여자를 돌려보냈어요

501호 나는 어릴 땐 순했어요 그래야 부모들은 안심하니까요 애들이 때리면 맞아줬죠 담임은 잘나가는 부모를 둔 애들만 좋아했어요 참다 참다 장난치듯 딱 한번 혼내줬는데 소풍 때였을 거예요 아이들을 기차 터널로 몰았거든요 저만치 기차가 보이자 담임이 혼비백산해서 아이들한테 욕을 하며 달려가던 게 생생해요 마귀할멈이 아니었다면 다 밀어버렸을지도 몰라요(뭐든 반대로 하고 싶은 생애주기였거든요)

401호 여자가 손목을 깊이 긋는 바람에 우리 라인에서 그녀를 모르는 사람이 없었죠 여자는 가스레인지에 무언가

를 자주 태워서 소방 벨이 울려도 우린 천천히 대피했어요 음식물이 바스라져 연기가 되어 우리 집에 스며드는 속도에 맞춰 여자의 남편은 느린 걸음으로 문을 열었어요 여자의 괴성과 여자의 남편이 동시에 튀어나오며 내 아이에게 인사를 건넸어요 드러머, 안녕! 아이가 겁에 질려 나의 앞발톱 사이로 숨었어요

501호 나는 결혼해선 착했어요 그래야 부모들이 안심하니까요 아이엠에프표 칼날이 그이의 허리를 스치고 지나갈 즈음 매일 빗자루를 들고 있는 내게 청소밖에 할 줄 모르는 여자라고 비웃었죠 결혼 선물로 받은 무드등이 깨지고 기어나온 아이가 그이의 발에 뒹굴렀어요 아, 내가 원래 손은 잘 안 쓰는데 사정없이 귀싸대기를 올려붙였죠 나는 더 이상 청소하지 않았고 아이는 깨진 접시 조각을 오물거리곤 했어요

401호 여자는 언제나 간단한 주문만으로 잠재울 수 있었죠 가끔 타이밍이 안 맞아 소동이 일었지만 말예요 오랜만에 엘리베이터에서 여자를 만났어요 남편이 지난 겨울 교통사고로 죽었다더군요 애도의 표정 따위 만드는 거야 일

도 아니었죠 미안하지 않았지만 미안하다고 말했어요(이래서 나는 미안하다는 말을 잘 믿지 않아요) 이상한 건 아랫집 여자가 남편의 사고사를 웃으며 말했다는 거예요 거기까진 계산에 없었는데 말이죠

401호 남편이 매운 눈을 부비며 말했어요 당신 아이는 고양이를 닮았군요 캑캑! 미안해요 캑캑! 당신 정체를 알아버렸어요 캑캑! 아랫집 남편의 눈이 캑캑 울고 있었어요

앙티상브르
—상담 1

푹신푹신해 보여요
뛰어내려도 아프지 않을 것 같아요
15층 발코니에서 내려다본 바닥엔
거대한 식빵 모양 구름이 깔려 있어요

눕고 싶은 모든 바닥은
죽음의 대기실*

딴방 아궁이 구겨넣은 저녁 군불 앞에 앉아
이룰 수 없는 꿈은 이루기 싫은 꿈이라고
소녀는 검불 탁탁 털며 일어서곤 했지요
눈물 속으로 스며들지 않게

가슴 적시는 눈물 양을 그때 가늠할 수 있었다면
마지막 여름을 노래하는 당신과
시시각각 작별을 건너가는 당신과
조심조심 땅을 두드리는 당신과
지금 이야기할 수 있었을까요

이제 우리가

서로 구부린 반달의 자세로
등을 포근히 감싸주던 노을빛과
목소리의 온도를 맞춰야 할 시간

나의 베로니카여
눈물은
마르기 전에 얼른 닦아야 해요
스며들지 않도록

*파울로 코엘료 『베로니카, 죽기로 결심하다』, 죽음의 '앙티상브르'.

당신은 포도나무 꽃이었어요
—상담 2

보여요 저기, 손거울을 보고 있는
분단장을 한 당신이잖아요

가까이 와요,
멀리 앉는다고 멀어지는 게 아니에요

여기서 우리는 볼 수 있지만
저기서 여기 우리는 안 보이죠
반투명 유리벽으로 둘러 있거든요

밖에서 보면 보랏빛 둥근 방
거기선 절대 들여다볼 수 없죠
자, 이제 말해볼까요

그래요, 당신은 너무 짧게 피고 졌어요
수수하고 수줍음이 많은 당신을
사람들은 알 수 없었던 거예요

울어요, 실컷 울어요

우리에게 든 단물이 우리에게서
모두 빠져나가야 우리는 안전해요

자, 이제 얼굴에 분을 지워요
단물도 깡그리 흘려보내요
억울한 분 냄새도
조금 빛나보이던 보라도 버려요

그러다보면 우린
조금 편히 늙어갈 수 있을 거예요

방긋거리는 우울

수채화 풍경보다 재무제표가
더 아름다워 방긋

운동보다 굶는 게 다이어트에
효과적이야
방긋

사생활이 복잡하면 일의
집중도가 떨어져
방긋

우리 나이에 플라토닉러브라니
정신차려
방긋

실력도 없이 주도권에
연연하는 건 추해
방긋

돈으로 다친 마음이

돈으로만 다친 걸까
방긋

너는 언제나 속없이 방긋방긋이구나!
무슨 소리, 얘 눈을 봐, 눈이 울고 있잖아!

거짓 웃음을 들켜버린 날
청포도 사탕을 입에 물고
방긋 울었다

앨리스 양의 우울삽화

붉은 여왕에게 그이를 소개해야 하는데
이름이 목구멍을 넘어오지 않았다

기억나지 않으니까 미간에 주름이 패었다
의사는 노안 때문이라고 했다

너무 오래 살고 있는 집이
처음 와본 집 같았다

공갈빵을 삼킨 몸은 점점 부풀어가고
천장에 비술나무 그림자가 일렁였다

말해도 후련해지지 않는 비밀을 품은 것처럼
잠이 오지 않았다

회중시계를 든 토끼가 말했다
일 분과 한 시간은 같은 크기야

잠이 오는 게 이상하지
걱정 마, 비밀은 언젠가 먼저 죽을 거야

내 귀는 토끼의 소리가 들릴까 무섭고
내 입은 토끼의 말을 따라할까 무섭고

절박한 심정이 질퍽한 심정으로 변해갈 즈음
붉은 여왕이 폐위되었다

달팽이귀신

늙은 샹송이 파고드는 달팽이관 거리
목소리의 속살을 지그시 누르다 사정없이 찌르면
부드럽고 살가운 식욕마저 넘치는
거기, 그녀의 불란서식 달팽이 요리전문점

이기지 못할 걸 알면서도
이 과장은 빳빳이 뿔을 쳐들고 전진하네
박 대리는 끝까지 싸워보겠다고 더듬이를 걷어붙이네
부도만은 막겠다고 집을 내놓은 김 이사의 부고가 날아오고
모두를 집어삼킨 흙탕물 속,
어린 그녀는 깊이 움츠러드네

그 집에 드나드는 달팽이귀신들은
밖에선 사라지지 않으려 아등바등 기어다니다가
생사를 알 수 없는 내일에 다다르면
어제 잡은 달팽이를 끌어안고
발랄한 리듬에도 느린 춤을 춘다

한낮의 수해지구처럼 맑게 갠 어항 속
어제까진 전복을 꿈꾸었지만 오늘은 한숨뿐

여섯 개였던 눈은 두 개만 남아 점점 흐릿해지고
잠시 후면 투명해질 몸뚱이
괜한 햇살 한 줌 잡아 던져보는

이제 어리지 않은 그녀, 달팽이귀신

患, 幻, 歡

— 국립공주병원 <세상 끝의 집>을 보다

태어나 처음 언제 웃었는지 기억하고 싶어요
풀 먹인 광목이 부드러움을 가장하고 네모나게 펄럭여요
차가운 아랫목에 몸을 누이면
별 없는 밤하늘에 푹푹 빠지는 꿈을 꿔요

깊은 허방인 줄 모르고 첫 발을 내딛던 순간
환患과 환幻의 표정으로 하늘에 떠 있던 당신을 기억해요
어그러진 선율에 잠시 귀 기울이면
아직도 속삭이듯 말 건네는 당신

우리 오늘밤
눈 쌓인 논둑 위로 내리는 달빛 한 사발씩 나눠마셔요
사춘기 소녀처럼 유행가를 불러줄게요

아, 얼굴은 모자이크 처리해주세요
모든 화면은 잘 포장된 거울
사는 게 쉽냐고요?
나는 아—쉽다고 말하겠어요
언제나 움츠린 얼굴로 하는 농담은 슬퍼요

몸이 부서져도 놓지 않을 거라고
거울 깊은 곳으로부터 어머니의 기척이 들려오네요

처음보다 좋아지고 있어요

내가 그녀의 핑크를 죽이지 않았어요

나의 전두엽으로 그녀가 총총 걸어들어왔어요
인디핑크 원피스에 모나코핑크 구두를 신고 왔지요

나는 착한 애인이 되어보고 싶었죠

애시핑크 머리카락이 돋보이는 그녀
검은 혀끝에 감기는 진분홍의 달콤함
연분홍 태우던 연기의 매콤함 따위
이제껏 내가 만난 여자들과는 다른 맛이랄까
나는 매일 로맨틱한 연애를 연습하고
아침이면 질 좋은 정장으로 속내를 감추고 외출했죠

날이 갈수록 자연스럽게 사라지는 그녀의 핑크
오래 가진 않을 거란 걸 알고 있었잖아요
주문한 누드핑크 고양이와 새끼 쥐가 도착했어요
하, 하지만 그녀는 이미 그레이가 되었지 뭐예요
내가 그녀의 핑크를 죽이지 않았어요

눈물 마른 두 눈에 엉긴 실핏줄을 끊고
달싹이던 입술 속으로 기어들어가 목소리를 자르고

설핏 남은 핑크빛 발등을 마지막으로 잘게 부쉈어요
그녀가 들고 왔던 코랄핑크 핸드백에
마젠타핑크 손톱이 박힌 손가락을 넣어두고
베이비핑크 지갑 속에는
로즈핑크 립스틱이 살짝 묻은 이빨을 넣어두었죠

나의 눈에 맺힌 한 떨기 꽃분홍을 보셨나요?
그날 이후 나는 사랑받지 못한 척
가끔 숙취를 꿈꿨을 뿐 새끼 쥐로 술 담그고 랄랄라
몰래 행복했습니다

브런치 카페 마들렌

사백 년 전 죽은 저 여자
칭얼거리지 않는 붉은 아기를 안고 주문을 외던 저 여자

〈Fade-out〉

어둠 속에서 끊겼다 이어지는,
칭얼대는 소리와 자장가 소리가 들려온다

아기 울음을 먹은 칼날이
폐부를 깊숙이 찔렀을 때
여자는 아팠지만 피 흘리지 않았다
갈라진 뱃속 꾸덕꾸덕 엉긴 몸
마지막까지 숨이 붙어 있던 어린 울음소리
공개된 고양이 스프 공장
가해자들을 산 채로 매달았다
관절을 끊고 눈알을 파고 내장을 발라내
냄비에 끓이기 시작했다
흐물흐물 녹아든 국물
바닥에 가라앉은 뼈를 건져 잘 말려 갈았다
저며놓은 살점들을 소금물에 씻어 저온숙성 후

밀폐용기에 넣어 냉동 보관하고
유통기한은 표시하지 않았다

〈Fade-in〉

검푸른 사파이어 눈동자를 목에 걸고
손톱으로 꼭꼭 찔러보는 저 여자
세 발 중 한 발을 감춘 토끼와
우툴두툴 검은 돌기를 감춘 두꺼비에게
커피엔 시나몬 뼛가루를 얹고
약간의 저주를 첨가한 치킨샐러드엔
절여놓은 살점을 버무려 내고 있는 저 여자

오늘의 마법식탁

요술목걸이

어린 조카는 백화점에서 나를 잃어버렸다고 생각했지, 매장을 돌고 또 돌며 지나온 길을 모두 묻고 더듬어 다녀도 당최 종적이 감감 묘연했을 거야, 걔 이모가 목걸이를 다시 구해줄 방도가 있다고 겨우 달래 집으로 데려다주었지

자동차열쇠

엊저녁, 술 한 잔에 가지고 나갔던 자동차를 멀리 세워두고 집으로 돌아오더군, 휴일이라서 조금 더 게으름을 피우고 싶었겠지만 자동차가 마음이 쓰였나봐, 되는 대로 주섬주섬 옷을 챙겨 입더니 창문을 열고 바깥 날씨를 살피더군, 밖엔 비가 내리고 있었어

우산

우산을 챙겨야겠네, 혼잣말을 삼키더군, 전에 어느 예식장에서 잃어버린 내 친구 장우산을 생각했나봐, 튼튼한 살을 펼치면 넉넉하고 아늑했던 친구였지, 비를 맞다가 안 맞다가 한참을 기다린 끝에 택시를 타고 골목에 도착했다지

휴대폰

어라? 자동차 열쇠가 없다! 황당해! 당연히 주머니 속에 있는 거라고 믿고 있던 열쇠가 아무리 뒤져도 없었으니 그럴 만도 해, 온 길을 더듬더듬 되돌아갈 수밖에 다른 방편이 없었지, 다행인 건 길에 떨구지 않았다는 믿음이 있었다는 거야

시계

자동차 열쇠를 찾으러 들어왔더니 열쇠 옆에 요술 목걸이가 잘 놓여 있는 걸 보고 걔 이모는 얼른 휴대폰 사진을 찍어 조카에게 전송하더군, 조카의 환호성이 들려왔어, 우산을 챙기고 다시 자동차를 찾으러 가는 발걸음이 아까보다 훨씬 여유롭더군

식탁

사라진 것들이 돌아왔군, 사라진 것들이 모두 무사히 돌아가거나 돌아오는 것은 아니지, 나는 오늘 오래 돌아오지 않은 것들, 복기할 수조차 없는 것들, 세상에 단 하나밖에 없는 모든 것들을 지워버리려고 해! 이제 그들이 돌아올 시간이거든!

생각을 관람하다

— 진이정 「생각에 대하여」에 부쳐

누가 내 옛사랑을 죽였나
식칼을 든 자가 죽였다
식칼을 든 자는 지금 푸줏간에서
내게 먹일 고깃덩이를 썰고 있다
식칼을 없애야겠다고 생각한다
식칼을 없애는 것은
유효기한 다다른 신용카드를 오려버려는 일만큼 쉽다
생각보다 빠른 톱날은 도처에 있으니까
두 동강난 식칼을 생각한다
그러지 않는 게 좋을 거야
도마 위에서 식칼이 낄낄대며 말했다
칼이 말을 했는지
칼을 든 손이 말을 했는지
칼을 든 손의 주인이 말을 했는지
칼을 갖다대야 하는지
칼을 든 손을 갖다대야 하는지
칼을 든 손의 주인을 갖다대야 하는지
생각하느라 잠시 주춤하였으나
식칼을 없애는 일이야말로 일생을 건 사명
비장하게 돌아가는 회전톱날에 식칼을 들이민다

찰나, 불꽃을 뿜으며 튀어오르는 칼 조각들
핏물이 흘러내리는 이승과 저승
일을 너무 크게 만들었다
비위만 잘 맞추면 한쪽은 살만 했을 텐데
내가 있는 곳이 어느 쪽인지 나도 모르는 머릿속에서
부러진 칼은 더 이상 웃지 않는다
말없이 사방을 비추며 돌아다닐 뿐
지독한 세상, 석양빛 눈물이 그득한데도
오직 생각만 들어 있어

마샤*를 위하여

무덤 밖은 안녕하신가
살구 주스가 먹고 싶다던 마샤
당신에게 줄무늬 빨대를 쥐어주던 애인들은
모두 평온하신지
그네들의 살가루 섞인 비디오 화질 속
사랑한다고 입김을 뿜을 때마다
곰팡이 피어나던 여관 꽃무늬 벽지는,
사랑 따윈 믿지 않아
속이지만 말아줘
알 수 없는 주문을 외는 그대 입 속에
불어터진 야식을 집어넣어주던 일회용 젓가락은,
안녕하신지
애인들은 다음을 기약하며 사라졌을 뿐
속이지는 않았지
그대가 믿지 않았을 뿐
이름 없는 무덤의 벗겨진 뗏장처럼
패인 가슴을 움켜쥔 채
사랑을 믿어버린 마샤들이여,
여기로 어서 오시게
내 따스한 마사토 이불을 꼭꼭 덮어주리니

울지도 마시게

이 묘지에서 당신이 가장 아름다운 시체이니까

* 폴 마줄스키 감독 〈적 그리고 사랑 이야기〉 1989. 헤르만의 정부.

3부

희망고문

몸짓극장 어둠 속

닿으면 도려질 것 같은 빛 한 줄기 서 있다

오롯이 간절함 속을 걸어
겨우 찾은 길마저 지워버리던
오래된 통각痛覺

어디에 있나

빛과 빛 사이
실루엣 같은 그대 얼굴 더듬다가
사라진 내 손 하나

가장 어두운 곳은 빛과 빛 사이다

어떤 평형

엠사이즈 상복의 가난한 딸들 가락 맞춰 마른 곡소리 흉내내다 조문객 발가락 양말에 참았던 웃음보 구멍난 빨강 양말에 덜컥 터져버렸다 빈소 한 구석에 쭈그려앉아 깡소주 들이키던 막내아들 저것들이 미쳤나 소주병 집어던지고 끽끽 웃던 딸들 목구멍에서 이십칠 톤 트레일러가 요란하게 달려나온다 그 안에 아비가 졸고 있다 질게 패이는 스키드마크 소리에 늘어지게 단잠 자던 어미 깨어나 검지손가락 까딱까딱 막내아들 부른다 포커 한판 붙자는 말씀이시다 한판은 무슨 딸꾹 두판 세판 딸딸꾹 조의금 판돈 바닥날 때까지 판판이 어미 사전에 die란 없다 사방팔방 발길질 날렸을 아비 다리 부러져 콜! 영정 부수고 관짝 구멍 냈을 무쇠주먹 아비 팔 으스러져 콜! 처연히 이쪽 들여다보고 있는 아비 얼굴 사각 창에 갇혀 콜!

별다방 미쓰리

바다가 보이지 않는 바닷가
좁은 계단을 오르면
흘러간 드라마처럼 껌을 짝짝 씹으며
까만 속눈썹 올려붙이는 그녀가 있지

커다란 서양 여자들이 드잡고 뒹구는 프로레슬링에 빠져
빨강머리도 되었다가 노랑머리도 되었다가
누가 이겨도 상관없는 경기를 치르며
전화벨이 울리면 뽕브라를 치키곤 하지

하나뿐인 통로 내려가면
닫는 곳마다 허방이라
누런 별 다닥다닥 붙은 천장에
매일 밤 사다리를 놓는 미쓰리

바다가 보이지 않는 바닷가
별다방에 가면
가난한 기억 너머 어디서건 꽃으로 태어난 딸이건만
까만 바닷가
홀로 반짝이는 별이 되어가는
내 사랑 미쓰리가 있지

그 저녁의 눈물

오지 말아야 할 저녁이 오고 말았다 시간은 가장 깜깜한 칠흑의 밤하늘을 바다 위에 뿌려놓았다 집어등 불빛이 꽃처럼 피어 있을 뿐 물 위를 떠도는 사람의 빛은 바다 속에 묻혀 있는 생의 기억을 가볍게 핥고 있었다

사랑한다, 더 이상 수신되지 않는 그 말을 베어물고 바다마저 밤새 앓는 소리를 내는데 이 컴컴한 나라는 엄한 데 불 밝히고 앉아 별스럽지 않은 저녁식사를 하며 낮에 있던 홍해의 기적에 대해, 바다를 가르고 아이들이 줄지어 걸어 나오더란 이야기를 실화처럼 떠들고 있었다

나처럼 밤이 무서워 늘 형광등을 켜고 자던 아이도 있었으리라
아, 정말 얼마나 무서웠을까

커다랗고 까만 마이크를 쥔 무대를 향해 아이들과 함께 죽은 산사람 하나가 무릎을 꿇고 간절히 두 손 모아 빌 때, 오지 말아야 할 저녁은 애초부터 없었다고 역사의 한편이 소곤대는 것을 들었다

눈을 감아도 눈을 떠도 저절로 눈물이 떨어지는 저녁이 있었다

그러면서 당신이 시인이랄 수 있소

뽕브라를 시에 썼을 때
학원을 운영하는 선배가 말했다
항상 자식을 염두에 두라고

저쪽에 찌그러져 있으시오라고 했을 때
선거에 패배한 후보가 말했다
그러면서 당신이 시인이랄 수 있냐고

사랑하는 이들이 한꺼번에 말했다
말 함부로 하지 말라고

시인이 하면 안 되는 말
족쇄가 되어
껍데기 같은 시조차 외출을 금하고
뱉은 말에 지레 놀라
속죄하는 일이 늘었다

술에 취하면 옛 이야기 꺼내들고
포장도 없는 선물을 주고 가던 아버지
네 시는 도대체 이해할 수가 없구나

나의 절망이
남의 절망보다 앞장서 걸어가다 멈춰 섰다

회사원 J씨의 시

퇴근해서 집에 오자마자
나는 집안 일을 하고
J씨는 시를 쓴다
한 집 건너 하나 시인이 산다는 도시
사우나 시인도 있고 유한부인 시인도 있는데
J씨는 회사원 시인이다
나는 나이를 먹을 만큼 먹었고
집에서나 회사에서나
그럭저럭 잘 지내는 편이다
오늘도
그는 시를 쓰고 나는 일을 한다*
타닥탁탁 타닥탁탁
문서 쓰는 소리 듣고 J씨가 말했다
어디서 밥 짓는 소리 들리지 않니?
타닥타닥 타닥타닥
시 쓰는 소리를 듣고 이번엔 내가 말했다
어디서 밥 설익는 소리 들리지 않니?
J씨는 늘 시를 잘못 쓰겠다고 투덜대지만
사직서를 쓰진 않았다
나는 사직서를 세 번 써봤다

J씨가 말했다

네 번째 사직서는 우리 같이 써볼까?

* 전윤호, 「월급쟁이의 시」 중에서.

완전한 理解 또는 利害관계

선천적으로 튼튼한 통뼈 위 2인용 나무 의자를 얹고 채찍에 인이 박힌 인도코끼리 스마일 로고 찍힌 단체복 입고 투덕투덕 영업을 나선다 사고대비 실적이 턱없이 부족하다 작달막한 막대그래프를 머리에 이고 마음을 사로잡을 만한 미끈한 외모를 가꾸는 것보다 고객의 안전이 최우선이라는 기업 이념을 넓적한 발바닥에 새긴다 해도, 앞발 들고 살랑거리는 한, 통계에 충실한 사고는 일어나게 마련이다

만찬을 위해 미리 준비해놓은 정장 빼입은 사막여우는 바이오리듬에 충실한 기타를 메고 선인장 기둥을 지나 친환경공법 고층 빌딩 연회장에 다다른다 기운 좀 쓴다는 자들이 호위하는 가운데 돈 많은 자 학식 뛰어난 자 품위 철철 넘치는 자 하나둘 모여 시국을 논할 때 주방 한편에서 띵까띵까 일류 요리에 묻어나갈 디너쇼 곡을 연습한다 아이 언더스탠드 언더스탠드 나는 당신 아래 있다오—

한 무리의 단체복이 환호성을 치며 양양 앞바다를 가른다 검푸른 돌기 위를 날카롭게 달린다 달려간 자리마다 숱한 생채기가 난다 누가 함부로 내 살갗에 칼질을 해대는가 거대하게 꿈틀거리는 화는 쥐뿔 아무 도움도 되지 않는다

완벽하게 연출된 친절로 고객을 맞이하기 위하여 가쁜 호흡을 정돈하는 바다 하얗게 부서지는 염분 그러모아 생채기를 덮는다 그들도 사는 동안 어디쯤에선 나와 같지 않겠는가

배우자 등급 13씨의 결혼 상담

일정량의 노동과
적당량의 사랑을 투자하십시오
그저 그런 밥상과
그 앞에 앉아 함께 밥을 먹어줄
심심한 아내를 보장할 것입니다

어느 한쪽으로 기울어지는 날엔
무엇 하나 약속드릴 수 없습니다
일정기간 성실히 임하면
영점일팔 평의 어항과
우아한 꼬리가 일품인 블루베타 수컷 한 마리를
지렁이 새우 믹스와 함께 보너스로 드리지요

혹여라도 외로울까
같은 종을 넣었다가는
한 마리가 죽어나갈 때까지 싸우니 유의하세요
가끔 어항 밖으로 튀어나갈 경우
지속적인 관심과 애정만이
올바른 물속으로 인도한다고 합니다

이제
당신은 정년이면 끊어질 수도 있는
작지만 탄탄한 길을 걸을 수 있습니다

혼자 유영하는 자의 낭만 따위는
적극 잊을 것을 권장합니다

별의 별구경

반짝이는 여름 밤바다
돌고래 꼬리별 아래 누워
엄마, 실은 나 저 별에서 떨어진 슈퍼맨이야
고백하는 슈퍼맨은
평일 저녁 학원 노선에 매달려 두어 바퀴쯤 날아다니고
주말 아침 하품 그렁그렁 매단 채 대치동행 버스를 탄다
검은 밤바다 속
누구의 길잡이가 되었을 별자리의 그물을 피해
동서남북 스피디한 위성은 사사삭 잘도 헤엄친다
아들아, 실은 엄마도 저 별에서 떨어진 공주란다
돌고래와 사랑에 빠진 죄로
죽을 때까지 슈퍼맨을 지키라는 벌을 받았지
고백하는 공주는
슈퍼맨의 등교시간을 위해 난폭운전을 하고
정해진 궤도를 일정한 속도로 공전하고
존재감 따윈 쌈 싸먹은 지 오래
깜짝 세일 방송에 귀 기울이며 마트 안을 뛰어다닌다

내려다본다
공주를 도우미로 둔 인공지능의 슈퍼맨들이

신종 인류로 등극하는 날을 고대하며
깜깜한 중력을 디디며 하산하는
별을

며느리와 참게

며느리 마뜩찮은 앞집 할매
고기잡이 늙은 아들 시름시름 앓더니
아침부터 북소리 징소리 무당 굿장단이 대단하다
며느리는 그러거나 새거나
묵묵히 앉아 그물망 손질하는데
심사 고약키로 소문난 앞집 할매
며느리 머리 위로 통발 속 참게 후두두 쏟아붓는다

묵은 상처딱지 달고
매에—매에—*
염소울음 울던 베트남 며느리
난장굿판 한참 쉰 방가지똥 아래
납작 엎드려 숨죽인 참게 한 마리
눈을 마주친다

살아내렴,
살아내는 것만이 돌아갈 길
강에 다다르는 길이라고
저녁마다 불 다려 그물망 한 땀 한 땀 뜬는다
필사로 몸 떨궈 탈출하는 녀석들

못 본 척 눈감아주면서
어떤 날은 슬쩍 경운기에 실어
강에 데려다주기도 하면서
여태 짱짱한 앞집 할매 모시고 산다

* 베트남어 '엄마'.

개집에 사람이 산다

아파트 거실 개 한 마리
꼴에 사냥개랍시고 하루 종일 사냥을 한다
쓰레기통 소시지 껍데기 말라붙은 살점에서
산세베리아 그 질긴 심줄까지

외출에서 돌아온
개주인의 아내가 소리친다
이게 개집이지 사람집인가
사람집이면 개가 사람답던가
개집이면 사람이 개답던가
개가 사람다운 것도 못 봐주겠는데
하물며 사람이 개다워야 쓰겠냐고
개처럼 왁왁 짖어댄다
그래도 개가 좋은 개주인은
개집이면 어떻고 사람집이면 어떠냐
개집에 사람이 살아서
사람이 개집에 살아서 안 될 것도 없지 않느냐
개가 사람일 수 없는데
하물며 사람이 개겠냐고
웅얼웅얼 사람처럼 소리친다

아파트 거실 개 한 마리
개주인의 아내는 개를 위하여
라디오를 틀어놓고 외출한다
개주인은 아내를 위하여
개줄을 단단히 묶어놓고 외출한다
개주인의 아내는 술만 취하면
개줄을 풀어주는 버릇이 생기고
개주인은 술만 취하면
라디오를 패는 버릇이 생기고
술 깬 아침이면 사냥판에 여지없이 짖어대는
개들
사람집에 산다

얼음산 위에 집을 짓고

사랑하는 사람이 떠난다기에
힘들면 언제든지 돌아오라고 했다
그는 내가 무슨 고갯마루에 있는 주막이냐고 했지만
속으로 난 빙산을 생각했다
— 전윤호 「얼음주막」 중에서

얼음산 위에 집을 짓고
흔들리며 흘러가는 날들을 살았다

바짝 언 출입문을 열면
파도소리가 바람의 키를 재고
무참히 꺾여 있을 얼음나무 가지 위
별 두엇이 밤바다를 비추다 서둘러 돌아가는 집

창은 늘 해지는 쪽으로 나 있었다

간 사람은 그저 떠나간 사람
힘들면 돌아오라고 했지만
힘들어도 돌아오지 않을 거란 걸
우린 서로 알고 있었다

사랑하는 사람이 떠난다기에
겨울 마당엔 화톳불을 피우고
여름해가 뜨는 쪽으로 창을 내겠다고 했다

그는 내가 무슨 바다코끼리 기다리는 북극곰이냐고 했지만
속으로 난 그 아래 얼음산을 생각했다

보이지 않는 것들 기다리며
연하게 녹아가는 얼음산
서서히 바다가 되어가는 마음을

대체 저 가방! 그 가방이!
그 악어가죽이 뭐라고!

겨우내 아팠다고 엄살떠는 뼈와 내장
모두 비워버린 자리
자기가 지독한 가해자인 줄 모르고
피해자의 표정으로 들어앉아 있다

언제든지 꺼내 쓸 수 있는 눈물과
거짓말로 살을 키운 사과
평생 머리를 조아려도 모자랄 사과가
자기가 사과인 줄도 모르고 들어앉아 있다

미안하지 않지만 그냥 닫아다오
미안하지 않지만 그냥 잊어다오

저, 그, 가방!
입 벌린 그 악어가
자기 가죽을 들고 서성대는 봄밤

결말이 빤한 영화를 보며 눈 흘기는

봄밤

4부

은화과隱花果

— 잘 보이지 않는 꽃으로 맺은 열매를 사람들은 얼른 무화과라 불렀습니다

보이는 것만 믿는 사람은 잘 속는 사람, 말벌은 봄볕을 날아 가슴주머니 속 따듯한 꽃가루를 차별 없이 전해주는데, 늙은 나무 열매는 알도 작고 맛도 없어서 죽기 전에 베어버려야 한다는 그이, 귀엣말로도, 기웃거리는 입 속 말로도, 안 하는 게 좋을 그 말, 꽃이라도 보자는 그 말

정원이 있던 자리

내가 나고 자란 집
지붕 넘어 보이던 오동나무 있던 자리
나무 때문에 시집 못 간다는 소리에 베어지고
금세 시집을 갔지 아마

뿌리가 아이들 앞길 막는다고 뽑혀 실려간
하늘 닿을 듯 곧게 서 있던 전나무
우린 그 덕에 웬만한 아픔에 쓰러지지 않고
꿋꿋하게 일어나곤 했지 아마

아, 우리가 오르내리던
그 집 앞 단풍나무
집안에 풍파든다고 아주 멀리 팔려나갔지

그래 그런가
난 자리 꼭꼭 다져놓아도
그 나무 아래
모란은 저절로 시들어버리고
검붉은 수술의 기억
모두 모두 바람이 되어갔지

사랑채 마루 기둥에 새겨놓은 이름들
희미해져가는,
정원의
몰락

잃어버린 너

습진을 낫게 하려고 병원을 다니면서부터
나는 내 손을 사랑하였다

단지 손만을 위해 주사를 맞고
제때에 밥과 약을 먹으며
조금씩 나아지는 손을 들여다보며
매우 흡족해했다

그 사이 길가엔 정돈된 금잔화가 피었고
그 사이 너는 흐트러진 자세로 사랑을 담금질하고 있었다
그 사이 단 한번도 우린 다른 사상을 토로하지 않았으며
함께이지도 엇갈리지도 않았다

단지 내 손을 사랑하였기에 앙리레비의 손을 구겼고
스토이스로프의 손을 던져버렸다

우린 이 여름의 사소한 감정만으로 진지할 수 있었고
힘든 사랑을 포기하지도 않았다
목숨보다 더 아니 혼이 되어서도 사랑한다는
교과서적인 고백을 비웃음으로 넘기며

오늘 겨드랑이로 줄줄 흐르는 여름을 걷고 있을 뿐

길가에 금잔화 지고
내가 고질병에 지쳐 나자빠져 있을 때
네가 시류時流의 손을 잡고 다시 사랑을 시작한다 해도
나는 눈 흘기지 않으리라

폐선廢船

내 잃어버린 것이 너무 많아
아무 바람이라도 만나면 포근히 실어주었더라
바람은 잠시 쉬다가 이마에 미열만 남기고
싸늘히 돌아갔더라
나는 안개 속을 더듬으며 강물 위를
슬픈 사람처럼 걸었더라

늦 코스모스 져가는 강 언저리에 서면
고향 이야기 들려주던 그 자의 노랫소리 선연한데
그 노래 아름답다 말해주지 못했건만
초저녁 노을빛 아련하기만 한 나의 사랑은
저기 떠나는 자의 모습으로 서 있더라
더 이상 노래하지 않는 자의 모습으로 서 있더라

반은 물속에 반은 물 밖에 걸친 채
온몸에 돋은 수초를 쓰다듬으며
시간아 가거라 어서 가거라
나를 늙게 해다오 어서 늙게 해다오
이리 밀리고 저리 밀리며
수만 년을 살았더라

이제 그대의 시절 속에 함께할 수 없으니
더는 떠나보낼 수 없어 행복하더라

잔혹동화, 1979

은근슬쩍 드나들던 계절도
입술을 깨물며 가던 발길 돌려
꽃 대신 때 아닌 눈을 뿌려댔다
한 여인이 무릎 꿇고
이별 고하던 안방 너머
아이들은 왼쪽 가슴에 검은 리본을 달고
올 칼라판 동화전집으로 집을 지었다
그 속에서 숨바꼭질을 하고
주인공을 오려내 인형놀이를 했다
친구들에게 왕따 당하는 백설공주
허락 없이 사이다를 외상하다가
계모한테 종아리 맞는 신데렐라
파티에 들고 갈 책가방 감추는 나무꾼
모자란 문장 잔뜩 짊어지고
동화로 만든 집에서
진달래 화전을 부치며
여인의 애창곡을 따라부르던 아이들
눈꽃 무늬 천을 끊어
해진 무릎을 기우고
여인과 닮은 인형을 낳아 기른다

뱀과 밥

카리브 저지대엔
한번의 식사로 이 년 동안 지내는 뱀이 산대

여기는 일 년에 천 번이 밥때
배고프지 않아도 먹어줘야 하는 밥이 있지

진학과 취업으로 버무린 밥상 앞
언니는 똬리를 틀고 앉아
숟가락만 내려다보는데

종일토록 밭일하고 구불구불 돌아오는
어머니 장화 끄는 소리

지집년 많이 가르쳐봐야 뉘웅박 팔사라 안 허나!

만개한 꽃 사이로 꾸역꾸역 몸을 숨기는
앞마당 늘메기 한 마리

모반母斑

얼굴 반쪽이
검푸른 모반으로 우거진 아기

엄마가
삼색 비단을 대고
석달 열흘
혀로 핥아주었네

아기는 그늘이 없어졌고
엄마는 말이 짧아졌네

베개화분

알곡을 빼느라 홋배 앓는 껍질들
베개 속에서 서걱거린다

내 몸을 가르고 흙을 채워주렴
착한 꽃을 기르고 싶구나
많은 양분은 바라지 않아
이따금씩 찾아와 물조리개만 들어다오

젖은 베갯잇 공그르던 손가락 끝
말캉한 물집 지을 때면
한때 고왔을 검은 머리칼 지난 자리
살며시 귀 대본다

해묵은 쌀겨 투두둑 떨어지고
씨알 머금은 흙이
꿈길을 내며 꼬물거린다

사람아, 자주 오진 마라
착한 꽃이어야 하니까
헛꿈 꾸지 않는 착한 꽃이어야 하니까

수돗물을 틀어놓고 우는 여자를 보았다

이른 아침을 목적 없이 나는
새는 없다고
바다 위를 나는
새도
땅 위를 나는
새도
오직 먹잇감을 구하기 위해
날아가고 있는 거라고
생각했어

점점 퇴화되어가는 다리를 끌고
낯선 길을 가는 건 무리라고
넘어지지 않는 법이나 연구하며 사는 거라고
때로 곤두박질치는 순간에도
두고 온 새끼 걱정에
웃으며 다시 일어서야 한다고
생각했어

사무실 세면대 앞에
수돗물을 틀어놓고 우는 여자를 보았어

긴 여행을 준비하는 저녁처럼
시공을 넘나들던 설렘은 다시 오지 않아
세상에서 가장 듣기 싫은 건
눈물 떨어지는 소리
날갯죽지 밤새 주무르는 어미 새가 되어
먼저 와 있는,
여자의 멀지 않은 미래를
생각했어

여기까지만 오라고 등을 쓸어주었어

여름나무 아래

가장 가까운 전생이 왜 이리 먼가

바람이 슬어놓고 간 햇살
뒹구는 씨앗 한 줌 삼키고
바깥마루에 누워 나무 한 그루 낳았다

나무는 쿨럭이며
엄동설한 뒤 찾아온 봄을 끌어안더니
여름 꽃을 좋아하는 여자와 입을 맞추었다

저녁 바람에 빨질하던 나무는
어둠이 오길 기다려 목을 풀고
별 나비 불러모아 화음을 연습했다

당신은 어디만큼 왔을까

까치발로 선 나무는
자꾸만 화장실에 먼저 가고 싶고
가사는 하나도 외워지지 않았다

망가진 자전거 끌고 돌아오는 옛집
여름 나무 아래
눈송이처럼 흩날리는
은빛 목화 세레나데

자, 설탕을 준비하고

초당 여든 번의 날갯짓으로 하루 종일 꿀을 먹어야 생존할 수 있는 벌새와 평생 벌새에게 먹일 꿀을 저장해야 하는 헬리코니아 사이엔 말이 필요 없다

나 어릴 적 명절 선물로 설탕 한 포대씩 돌리던 서울아저씨는 이제 설탕을 돌리지 않는다 서울서 크게 성공했다더니 겨우 설탕이냐는 집부터 고향이 무슨 도움이 되었다고 설탕씩이나 주느냐는 집까지 저마다 받는 법도 다르고 주는 법도 달랐다 가장 달랐던 건 집집마다 설탕 떨어지는 주기였으니 집집마다 설탕이 떨어질 즈음이면 서울아저씨가 생각나는 것인데 어떻든 고향사랑 감미료는 보통의 설탕보다 오래 살아남은 셈이다

무릇 요리의 경계엔 설탕이 있다 설탕을 언제 얼마나 어떻게 넣느냐의 미묘한 차이로 나와 요리의 관계는 밀착될 수도 부서질 수도 있다 인생이 시시해질 수 있겠다는 걸 알아차렸을 때 눈처럼 작고 동그란 알갱이가 입 속에 스몄다

자, 설탕을 준비하고 요리를 시작할 시간이다

■ 해설

초록 신발을 신은 마녀 혹은 그녀들

휘민/ 시인

근본적으로 시 쓰기는 자기 신화를 만드는 과정일 수 있다. 중요한 것은 신화가 쓰이는 방식일 텐데, 대체로 그것은 자기 안의 그림자와 대결하면서 만들어진다. 융이 말하듯이 감추고 싶어하는 유쾌하지 못한 모든 갈등, 인간의 내부에 깃든 다른 인격이나 어두운 면 같은 것들과의 대면 말이다. 이처럼 시 쓰기는 의식이 가리고 감추어온 무의식의 심층에 시원성(始原性)을 부여하고, 마침내 그림자를 영원의 이름으로 봉인하는 작업이라 하겠다. 그런데 그 과정은 원형으로부터 오는 에너지와의 자유롭고 창조적인 만남을 통해 자기실현을 목표로 하는 개성화Individuation의 과정과도 닮아 있다. 여기서 주목할 것은 시인이 자기 무의식의 그림자를 잠재적 상태가 아니라 현재적 상태로 실현하는 힘, 곧 지속적이고 능동적인 변화를 가능케 하는 엔텔레키Entelechie의 존재태다.

일찌감치 그림자가 지닌 엔텔레키를 주목한 사람이 있다. '융의 그림자'가 세상에 나오기도 전에 말이다. 제임스 배리. 영원히 늙지 않는 아이의 신화를 만들어낸 그는 『피터팬』에서 흥미롭게도 '신성한 아이' 피터의 그림자를 묘사한다. 하지만 온전한 상태가 아니다. 개한테 쫓겨 달아나다가 웬디네 집 창문에 끼어 찢어진 그림자다. 그런데 진짜 그림자는 따로 있었다. 피터의 그림자는 어른들의 세계에 환멸을 느낀 그가 네버랜드의 주인이 된 뒤에야 비로소 발견되기 때문이다. 피터는 늘 엄마를 그리워했다. 웬디를 네버랜드로 데려가 집 잃은 소년들의 엄마가 되어 그들을 돌보게 한 것도, 『피터팬』의 서사가 웬디 이야기에서 그치지 않고, 웬디의 딸인 제인과 제인의 딸인 마거릿의 이야기로 대대손손 이어지는 것도 그런 맥락에서 이해할 수 있다.

달리 말하면 부재하는 모성에 대한 그리움이 영원한 아이 피터의 그림자이자 그를 늙지 않게 하는 엔텔레키가 된 것이다. 그런 의미에서 피터에게 자기 무의식의 그림자를 확인시켜준 창문은 현실과 판타지, 어른 세계와 아이 세계를 구분하는 경계라 할 수 있다. 금기는 밖을 상상하는 자에게만 찾아오고, 진실은 안을 사유하는 자에게만 발견되기 때문이다.

1. 患 — 그림자 지우기

조현정의 첫 시집 『별다방 미쓰리』가 빚어낸 세계도 피터팬의 세계와 그리 멀지 않은 곳에 있다. 올해 여름에 등단

한 신인, 그러나 마냥 신참내기 같지 않다. 시인은 '이제 시작'이라며 겸양의 말을 내놓고 있지만 어딘가 모르게 그늘진, 그러나 슬픔을 눙치듯 녹여내는 솜씨가 예사롭지 않다. 등단은 절차일 뿐, 시 쓰기는 아주 오래 전부터 지속되어왔음을 짐작할 수 있는 대목이다. 그런 의미에서 이 시집은 그동안 시인이 수행해온 다양한 '노릇들'을 작파하고 "이젠 시인을 해야겠다"(당선 소감)는 다부진 결기를 담은, '시작詩作'을 향한 본격적인 출사표라 할 만하다.

슬리퍼를 벗어 머리를 갈기는 학교에 들어가고부터
더 이상 발이 크지 않았다

빗물이 잡표 운동화 천을 뚫고 들어와
엄지발가락 끝부터 서서히 물들이는 동안
떠난 엄마는 맞지 않는 초록색 신발을 보내왔다

그 여름내
빗물은 독毒의 빛깔을 머금고
할딱대는 초록 신발을 신고 다녔다

소녀는 알 수 없는 두통으로 비칠거릴 뿐
더 이상 크지 않는 발이 두렵지 않았다

신발을 가지런히 벗어놓고 가버린 사람보다
어지러이 벗어놓고 가버린 사람을

좀 더 오래 기다린다는 것을 알고부터

발이 크지 않는 이유가 궁금하지 않았다

초록색 신발을 신고 왔다고 교문에서 벌을 서면서

더 이상 발이 크지 않았다

—「초록 신발」 전문

버림받음은 신화 속 주인공들에게 예견(보잘것없는 출발을 알리는)된 전형적인 형식이다. 하지만 다른 한편으로는 신비에 가득찬 경이로운 인물의 탄생을 예고하는 것이기도 하다. 이때 자신을 버리고 떠난 어머니로부터 벗어나고자 하는 주체의 의지는 자기 신화 만들기의 최초의 의도가 된다. 그것은 '환患'을 인식하고 받아들이는 과정이기도 하다. 이 시에서 버려진 아이가 할 수 있는 일은 아무것도 없는 듯 보인다. 아이는 그저 자신에게 주어진 비루한 운명과 고통을 감수하면서 자기 삶의 관객이 될 처지에 놓여 있다. 그사이 "떠난 엄마는 맞지 않는 초록색 신발을 보내"온다. 무언가 크게 어긋나고 있다는 징조다.

그러나 "슬리퍼를 벗어 머리를 갈기는 학교에 들어가고부터" 이미 어른들의 세계에 환멸을 느껴온 주체의 대응방식은 여느 아이들과 다르다. 아이는 어머니의 부재를 담담히 받아들이기로 한다. 이로써 새로 태어난 주체는 "발이 크지 않는 이유"가 아니라, "더 이상 크지 않는 발이 두렵지 않았다"는 자기 인식을 가슴 깊이 새기게 된다. 어차피

질 것이 분명한 싸움에서는 자신의 자아를 첫 번째가 아니라 두 번째로 물리는 것도 처세의 방법임을 알아버린 것이다. 비록 그것이 '제법 그럴 듯한 자기 합리화'(당선 소감)라고 해도 말이다. 그러므로 이 시에서 그려진 정황은 아이의 세계와 결별하고 자기만의 세계로 진입하고자 하는 자아의 입사식에 다름 아니다.

막 출발하려는 무정차에 올라타
만 시간쯤 안심했고
만 시간쯤 행복했어요
막 잘못 탔다는 걸 알고부터
만 시간쯤 불안했고
만 시간쯤 뛰어내릴 용기를 상상합니다

—「위험한 시작」 부분

그러나 무의식의 심층으로 가라앉았다고 해서 고통이 사라지는 것은 아니다. 늘 자유롭고 신나는 모험을 즐기는 듯하지만 실상은 언제나 어두운 그림자와 동행해야 했던 피터팬처럼, 시인이 창조해낸 페르소나들 또한 주체의 선택에 대가를 요구한다. 버림받은 아이가 선택할 수 있는 것은 아무것도 없다. 행선지도 확인하지 않은 채 무작정 차에 오르는 것뿐. 그러나 정해진 궤도로부터의 일탈은 "잘못 탔다는" 자각 이후에 찾아올 "만 시간쯤(의) 불안"과 동행해야 하는 길이다. 하지만 자신의 뜻대로 의지를 관철시킬 수 없었던 주체는 또 다른 방어기제를 창안해낸다. 그것은 잘못 올라탄 차에서 "만 시간쯤 뛰어내릴 용기를 상상"하는 일이자, 이전에 없던 새로운 모험을 시작하는 일이다. 모험은 시인이 창조한 세계 안에 거주하는 페르소나와 작품 밖의 시인 모두에게 필요하다. 그러므로 이때 시인이 노정한 '위험한 시작'은 '시작始作'과 시작詩作을 동시에 지시한다.

401호 여자는 매일 밤 우리 집 초인종을 눌러 조금만 조용히 살아달라고 부탁했어요 남편이 예민하다나 뭐라나 여자는 눈썹이 기다란 초식동물의 눈을 가졌어요 아이가 드러머 같다는 말을 잊지 않았죠 **사람들은 미안하다는 말에 잘 속아주니까 나는 미안하다고 말했어요** 말만 하고는 춤추는 고양이들을 불러 밤마다 파티를 즐겼죠 여자의 남편은 자꾸 여자를 우리 집에 보냈고 나는 여자의 남편에게 여자를 돌려보냈어요

501호 **나는 어릴 땐 순했어요 그래야 부모들은 안심하니까요** 애들이 때리면 맞아줬죠 담임은 잘나가는 부모를 둔 애들만 좋아했어요 참다 참다 장난치듯 딱 한번 혼내줬는데 소풍 때였을 거예요 아이들을 기차 터널로 몰았거든요 저만치 기차가 보이자 담임이 혼비백산해서 아이들한테 욕을 하며 달려가던 게 생생해요 나귀할멈이 아니었다면 다 밀어버렸을지도 몰라요(뭐든 반대로 하고 싶은 생애주기였거든요)

401호 여자가 손목을 깊이 긋는 바람에 우리 라인에서 그녀를 모르는 사람이 없었죠 여자는 가스레인지에 무언가를 자주 태워서 소방 벨이 울려도 우린 천천히 대피했어요 음식물이 바스라져 연기가 되어 우리 집에 스며드는 속도에 맞춰 여자의 남편은 느린 걸음으로 문을 열었어요 여자의 괴성과 여자의 남편이 동시에 튀어나오며 내 아이에게 인사를 건넸어요 드러머, 안녕! 아이가 겁에 질려 나의 앞발톱 사이로 숨었어요

501호 **나는 결혼해선 착했어요 그래야 부모들이 안심하니까요** 아이엠에프표 칼날이 그이의 허리를 스치고 지나갈 즈음 매일 빗자루를 들고 있는 내게 청소밖에 할 줄 모르는 여자라고 비웃었죠 결혼 선물로 받은 무드등이 깨지고 기어나온 아이가 그이의 발에 뒹굴렀어요 아, 내가 원래 손은 잘 안 쓰는데 사정없이 귀싸대기를 올려붙었죠 나는 더 이상 청소하지 않았고 아이는 깨진 접시 조각을 오물거리곤 했어요

—「마녀들의 아파트」 부분(강조 인용자)

최초의 한번은 실수로 받아들여지지만 두 번은 실패의 낙인이 된다. 어린 시절 공동체에 의해 가해진 낙인의 경험은 주체의 내면에 거울자아를 형성한다. 자기가 아닌 타자의 시선으로 자기 모습을 비추고 재단하게 하는 것이다. 이런 까닭에 이 단계를 통과하면서 만들어지는 주체의 내면

은 의뭉스러울 수밖에 없다. 자신의 목소리를 포기함으로써 자신의 안위를 지키도록 자아를 설득하고 있기 때문이다. 그렇다고 해서 주체가 자아분열을 경험하는 것은 아니다. 오히려 반대다.

말하자면 제1의 자아를 보존하기 위해 어리숙한 제2의 자아인 에이런을 전면에 내세우는 식이다. 가면도 썼으니 이제 본격적인 연기가 시작된다. 어릴 때는 부모들을 안심시키기 위해 순함을 연기하고, 결혼해서는 착한 여자로 살아가며 선함을 연기한다. 오랜 시간 고통을 감수하며 길들인 제2의 자아는 성인이 되어서도 흐트러지지 않는다. 남들은 쉽게 하지 못하는 미안하다는 말도 자주한다. "사람들은 미안하다는 말에 잘 속아주"는 걸 아는 까닭이다.

그런데 이렇듯 감추어둔 본심이 소풍날에 드러난다. 지루한 일상에서 벗어나는 소풍은 카니발의 시작을 알리는 하나의 사건이다. 일탈과 초과 혹은 뒤집기가 가능해지는 것이다. 그러나 "아이들을 기차 터널로 몰아"넣으려던 제1 자아의 계획은 담임의 개입으로 실패하고 만다. 이 사건으로 아이는 깨닫게 된다. 위악僞惡으로 악을 가릴 수는 있어도 악의 본질은 변하지 않음을. 바로 이 지점이 조현정의 시세계에서 초록 신발을 신은 마녀가 탄생하는 순간이다.

흥미로운 사실은 자기 안의 마녀를 인식한 이후 자아가 보여주는 행동이다. 시인이 빚어낸 자아는 이제 '401호'와 '501호'로 상징되는 '그녀'와 '나' 사이를 오가며 "슬픔과 쓸쓸함의 비밀한 연대"(「그녀와 그녀」)를 시작한다. 끊임없이 선함을 연기하는 '나'와 달리 예민한 남편과 함께 살아가는 '그녀'는 때로 "손목을 깊이 긋"기도 한다. 정반대의 표상을 하고 있지만 '그녀' 역시 '나'와는 다른 방식으로 환멸의 세계를 견디고 있는 마녀였던 셈이다. 그리고 이 둘은 하나의 주체 안에 깃든 두 개의 자아처럼 다가온다. 시인이 '401호-501호' 이야기를 연을 바꿔가며 번갈아 배치한 의도가 여기 있을 것이다.

2. 幻 — 죽지 않는 어머니의 세계

융의 심리학에서 '그레이트 마더great mother'는 위대하면서도 두려운 어머니의 표상이다. 그런데 어머니에게 버림받은 조현정 시의 주체는 "할머니엄마"(「별리別離」)를 새로운 대모로 받아들인다. 그러나 "소리 없는 비명의 날들은/언제나 삶을 잘 여미기도 전에 찾아"온다. 주체가 "나와 얼굴이 같은 민머리 여자"인 '당신'을 '나'로 인식하는 동안, 대모는 '거울이 있는 병실'에서 '나'와의 이별을 준비한다(「거울이 있는 병실 풍경」).

'나'의 또 다른 자아가 되어버린 대모의 표상 앞에서 주체는 "오래된 통각痛覺"을 느끼며 가장 어두운 곳은 그림자가 아니라 "빛과 빛 사이"라는 것을 깨닫는다(「희망고문」). 그동안 그럴 듯한 합리화와 연기를 통해 '희망고문'을 일삼아온 주체의 비뚤어진 삶에 대한 성찰이 몸이 기억하는 아픔으로 되살아나고 있는 것이다. 네버랜드에 가서야 비로소 자기 삶에 드리운 어머니의 그림자를 발견하는 피터팬처럼 말이다.

그런데 진짜 중요한 질문은 어머니가 아닌 인물에 대한 궁금증에서 시작되어야 한다. 조현정의 시에서 유독 그 모습을 찾기 힘든 아버지라면 어떨까. 페리 노들먼의 말을 떠올려보자. 작품은 말함으로써 이데올로기와 묶여 있는 것보다 훨씬 더 높은 강도로, 말하지 않음으로써 이데올로기와 묶여 있다고 했던가. 그렇다면 조현정의 시에서 아버지는 의도적으로 누락된 것일까. 시인이 건너왔던 '빙하기'(「자서」) 어디쯤에서 아버지는 사라진 것일까. 이쯤 되면 현실 속에서 느끼는 고통인 '환患'을, 마녀들의 세계인 '환幻'의 서사를 통해 변주하려는 시인의 의도가 무척이나 궁금해진다.

> 엠사이즈 상복의 가난한 딸들 가락 맞춰 마른 곡소리 흉내내다 조문객 발가락 양말에 참았던 웃음보 구멍난 빨강 양말에 덜컥 터져버렸다 빈소 한 구석에 쭈그려앉아 깡소주 들이키던 막내아들 저것들이 미쳤나 소주병 집어던지고 끽끽 웃던 딸들 목구멍에서 이십칠 톤 트레일러가 요란하게 달려나온다 그 안에 아비가 졸고 있다 짙게 패이는 스키드마크 소리에 늘어지게 단잠 자던 어미 깨어나 검지손가락 까딱까딱 막내아들 부르다 포커 한판 붙자는 말씀이시다 한판은 무슨 딸꾹 두판 세판 딸딸꾹 조의금 판돈 바닥날 때까지 판판이 어미 사전에 die란 없다 사방팔방 발길질 날렸을 아비 다리 부러져 콸! 영정 부수고 관짝 구

멍 냈을 무쇠주먹 아비 팔 으스러져 콜! 처연히 이쪽 들여
다보고 있는 아비 얼굴 사각 창에 갇혀 콜!

—「어떤 평형」 전문

"엠사이즈 상복의 가난한 딸들"에게 아버지는 없다. 영정 사진 속에서 단지 기호로 존재할 뿐이다. 아버지는 죽고 남겨진 딸들은 슬픔을 가장한 채 문상을 받고 있다. 그런데 조문객의 "구멍난 빨간 양말"이 그녀들의 "참았던 웃음보"를 건드리고 만다. 조금 전까지 "마른 곡소리" 울려 퍼지던 빈소가 느닷없이 카니발적 시공간으로 탈바꿈한다. 난장亂場의 시작이다. 이 뒤죽박죽의 세계에서 아버지의 예고치 못한 죽음은 희화화되고, "딸들"과 "어미"는 포커판을 벌인다.

아버지의 존재를 인정하는 유일한 인물은 "빈소 한 구석에 쭈그려앉아 깡소주 들이키"다가, "저것들이 미쳤나 소주병 집어던지"는 "막내아들", 곧 적자嫡子뿐이다. 그러나 이제 명령하는 자는 아버지가 아니라 어머니다. 그녀들의 대모는 말한다. "어미 사전에 die란 없다"고. 이로써 어머니는 아버지와 동등한 위상을 지닌 존재가 된다. 이 시의 제목이 '어떤 평형'인 이유가 여기 있을 것이다. 이 시에서 그녀들은 자기 자신인 동시에, 개개로 나누어질 수 없는 개인들의 전체다. 그리고 그녀들은 세계를 배제하는 방식이 아니라, 자기 자신 속에 세계를 포용하는 방식으로 개성화를 이루어간다.

사랑 따윈 믿지 않아

속이지만 말아줘
알 수 없는 주문을 외는 그대 입 속에
불어터진 야식을 집어넣어주던 일회용 젓가락은,
안녕하신지
애인들은 다음을 기약하며 사라졌을 뿐
속이지는 않았지
그대가 믿지 않았을 뿐
이름 없는 무덤의 벗겨진 뗏장처럼
패인 가슴을 움켜쥔 채
사랑을 믿어버린 마샤들이여,

—「마샤를 위하여」 부분

'남편', '그들', '서울아저씨', 그리고 '애인' 들은 아버지의 부재 이후 그녀들의 서사에서 아버지를 대체하는 이름들이다. 그 가운데 '남편'은 "지난 겨울 교통사고로 죽"어 아버지와 같은 길을 갔고(「마녀들의 아파트」), "한 무리의 단체복"으로 표상된 "그들"은 주체로부터 "사는 동안 어디쯤에선 나와 같지 않겠는가"라는 연민을 이끌어내는 힘없는 존재가 되었다(「완전한 理解 또는 利害관계」). 그런가하면 "명절 선물로 설탕 한 포대"를 들고 오던 "서울아저씨"는 어찌 된 영문이지 나타나지 않는다(「자, 설탕을 준비하고」). 남은 건 '애인'뿐. 그런데 이 '애인'이라는 존재를 이해理解하는 일이 쉽지 않다. 아직 '이해利害관계'가 남아 있기 때문이다.

이 시가 기대고 있는 폴 마줄스키 감독의 영화 〈적 그리고 사랑 이야기〉를 참고하면 실마리가 나올까. 헤르만은 아내의 죽음 이후 자신을 돌보던 가정부와 결혼하고, 또 다시 마샤라는 여인과 사랑에 빠진다. 그런데 죽은 줄 알았던 아내가 살아돌아오면서 일이 복잡해진다. 결국 전부인과 현부인 사이에서 불안해하던 마샤는 결혼을 재촉한다. 이로써 헤르만은 세 여자와 결혼한 남자가 되지만, 이내 세 여자 모두를 떠나버린다.

이 웃지 못할 촌극 속에서 가장 늦게 사랑하고 가장 빨리 버려진 여자가 바로 마샤다. 정부情婦, 이 다정한 호칭에 부응하듯 그녀는 너무 순진했다. '이해理解'가 아니라 '이해利害관계'가 남아 있는 한 사랑은 언제든 적敵의 본성을 드러낸다는 것을 마샤는 알지 못했다. 그러므로 이 시에 표상된 '애인'은 사랑하는 대상을 지칭하는 동시에 사랑이라는 잠재적 감정의 현재적 상태를 의미하는 것이기도 하다. 마샤의 자기 신화를 만들어낸 엔텔레키가 사랑이라는 말이다.

그러나 사랑밖에 모르는 이 순진한 여인은 가면을 쓸 줄 몰랐다. 유일한 죄라면 "사랑을 믿어버린" 죄뿐. 따라서 이제 '애인'과 '적'을 오기며 사랑의 본질을 깨달은 마샤가, "사랑 따윈 믿지 않"게 된 그녀가, "속이지만 말아줘"라고 외치는 절규는, 사랑에 빠지는 순간 모든 '그녀들'에게도 닥칠 위험을 내포하는 것이기도 하다. 그렇다면 '할머니엄마'가 사라진 이후 과연 누가 그녀들의 대모가 될 수 있을까.

3. 歡 — 명랑한 미쓰리와 마법 설탕

이제 이 시집의 표제작에 등장하는 '별다방 미쓰리'의 실체를 밝혀야 할 때가 되었다.

> 바다가 보이지 않는 바닷가
> 좁은 계단을 오르면
> 흘러간 드라마처럼 껌을 짝짝 씹으며
> 까만 속눈썹 올려붙이는 그녀가 있지
>
> 커다란 서양 여자들이 드잡고 뒹구는 프로레슬링에 빠져
> 빨강머리도 되었다가 노랑머리도 되었다가
> 누가 이겨도 상관없는 경기를 치르며
> 전화벨이 울리면 뽕브라를 치키곤 하지
>
> —「별다방 미쓰리」 부분

라캉은 상상계에서 상징계로의 이동을 '어머니-아이'의 이자 관계dual relation에서 '어머니-아버지-아이'의 삼자 구도로의 이행으로 보았다. 그런데 어머니와 아이를 이어주는 매개항인 아버지가 사라진다면? 당연히 '어머니-아이' 사이에는 새로운 이자 관계가 형성된다. 아버지는 부재하지만 이미 아이가 상징계에 속해 있기 때문이다. 그러나 조현정의 시 세계에서는 이미 어머니가 지워졌다. '할머니엄마'도 대모의 자리에서 물러난 지 오래다. 이제 "엠사이즈 상복의 가난한 딸들" 혹은 '그녀들'을 위해 대모를 자처할

인물은 누구일까. 그녀가 바로 '별다방 미쓰리'다. 그런데 "흘러간 드라마처럼 껌을 짝짝 씹으며/ 까만 속눈썹 올려붙이는 그녀"는 영락없는 '퇴물 마담'의 모습이다. '미쓰Miss'라는 호칭이 무색할 지경이다. 세파에 닳고 닳은 그녀는 이미 선과 악의 대결구도에서 벗어나 있는 듯 보인다.

그녀는 "누가 이겨도 상관없는 경기를" 관람하는 링 밖의 관객처럼 비춰진다. 하지만 "전화벨이 울리면 뽕브라를 치키"며 재빨리 본업으로 돌아가는, '이해관계'로 상징되는 비즈니스에 능숙한 인물이다. 시인은 삶을 대하는 '미쓰리'의 당당하고 거침없는 태도에서 "어미 사전에 die란 없다"고 외치던 "엠사이즈 상복의 가난한 딸들"의 대모를 떠올린다. 그러므로 '뽕브라 미쓰리'는 기껏 "뽕브라를 시에 썼"다고 "학원을 운영하는 선배"로부터 "항상 자식을 염두에 두라"는 훈수를 들어야 하는(「그러면서 당신이 시인이랄 수 있소」), 여전히 초록 신발을 신고 있을 '착한 마녀'는 감히 상상할 수 없는 자아일 수밖에 없다.

> 아, 얼굴은 모자이크 처리해주세요
> 모든 화면은 잘 포장된 거울
> 사는 게 쉽냐고요?
> 나는 아—쉽다고 말하겠어요
> 언제나 움츠린 얼굴로 하는 농담은 슬퍼요
>
> 몸이 부서져도 놓지 않을 거라고
> 거울 깊은 곳으로부터 어머니의 기척이 들려오네요

처음보다 좋아지고 있어요

—「患, 幻, 歡」 부분

이제 '뽕브라'를 훈장처럼 치키며 당당히 '그녀들'의 대모로 거듭난 '별다방 미쓰리'. 우리의 기대를 저버리고 않고 그녀는 "사는 게 쉽냐"는 질문에 "아—쉽다고 말하겠어요"라는 위트를 날린다. 그렇다고 해서 주체의 내면에서 거울 자아가 사라진 것은 아니다. 그녀는 여전히 "거울 깊은 곳으로부터 어머니의 기척"을 듣는 사람이니까. 피터팬이 어머니의 부재를 견디기 위해 네버랜드가 아닌 웬디의 세계에서 대모를 찾았다면, 조현정의 아이는 스스로 만들어낸 마법 세계에서 어머니의 목소리에 기대어 자신의 또 다른 자아인 '그녀들'의 수호자가 된 것이다.

여기까지 오고 나니 어지럽게 흩어져 있던 퍼즐들이 제자리를 찾아가는 모양새다. 짐작했겠지만 '초록 신발을 신은 아이'는 자라서 '별다방 미쓰리'가 되었다. 어머니가 자신을 버렸을 때, 이미 세상이 허방인 줄 알았던 한 아이의 성장 서사가 '별다방 미쓰리'에서 일단락되고 있다. 그러나 "움츠린 얼굴로 농담"을 건네기까지 그녀가 헤쳐온 삶은 결코 녹록치 않았을 것이다. 그러므로 '患-幻-歡'으로 이어지는, '초록 신발을 신은 아이'의 자기 신화 만들기는, 현재의 '별다방 미쓰리'가 재구성한 자기 구현의 과정으로 보아도 무방하다.

자책하지 마

분노는 자분자분 졸여야 해
타버리거나 넘쳐버린 실패를 잊어서는 안 돼
그래, 지금처럼
이빨들은 강렬한 핏빛을 원해
당신에게서 향과 당과 색깔만 빼내려 하지

사느라 그랬겠지만, 당신은 물기가 너무 많아
이제 당신을 풀어헤치고 쓸모를 따져 거르고
바라보는 식구들 몰래 뭉근히 졸여야 해

아름다운 와인이 될 수도 있었겠지만
그건 당신 탓이 아니야

—「포도잼을 만드는 시간」 부분

그러므로 시인이 만들어낸 초록 신발의 마녀는 비극을 벗어나는 구원이 아니라 비극 안에 있는 구원의 표상이라 할 수 있다. 어쩌면 진정한 자아 찾기는 지금부터 시작된 것인지도 모른다. 마법과 요술에 기대지 않고 자신의 그림자와 마주하는 일은 비뚤어진 개성화 과정에서 환상 없이 엔텔레키를 찾아가는 일이기도 하니까. 그러나 "자책"은 필요치 않다. "타버리거나 넘쳐버린 실패를" 되풀이하지 않기 위해서는 우선 "물기"를 빼는 일부터 시작해야 한다. "분노는 자분자분 졸"이고 "쓸모를 따져 거르고" 이제 "뭉근히 졸여야" 한다.

지금까지 시인이 펼쳐놓은 '오늘의 마법식탁'은 그림자가 되어 "사라진 것들"(「오늘의 마법식탁」)의 귀환을 알리는 난장이었다. 그렇다면 '내일의 마법식탁'은 마녀들의 연대가 꽃피운 환대의 식탁이 될까. "열렬히 미워했던, 보랏빛 당신"을 부르며 어디선가 착한 마녀가 명랑하게 흥얼거리는 소리가 들린다. "오! 베리 블루"(「오! 블루베리」). 이처럼 위트 있고 재기발랄할 수 있어 안심이다. 다만 시인의 입에서 터져나온 명랑이 더 이상 그림자에 기대지 않길 바란다.

"일을 너무 크게 만들었다/ 비위만 잘 맞추면 한쪽은 살 만했는데"(「생각을 관람하다」)라는 푸념과 회한의 언어가 아니면 좋겠다. "처음보다 좋아지고 있"다는 안도가 아니라(「患, 幻, 歡」), '이제 시작'(당선 소감)이라는 결기로 세상과 더 부딪치기를 바란다. 우리에겐 믿음직한 대모 '미쓰리'가 있지 않은가. 그러나 이제부터는 잼이 아니라 제대로 된 요리가 필요하다. '자, 설탕을 준비하고 요리를 시작할 시간이다!'

현대시세계 시인선 105
별다방 미쓰리

지은이_ 조현정
펴낸이_ 조현석
기　획_ 백인덕, 고영, 박후기
펴낸곳_ 북인
디자인_ 푸른영토

1판 1쇄_ 2019년 10월 15일
출판등록번호_ 313 - 2004 - 000111
주소_ 121 - 842 서울 마포구 서교동 467 - 4, 301호
전화_ 02 - 323 - 7767
팩스_ 02 - 323 - 7845

ISBN 979-11-87413-59-2　03810

이 도서의 국립중앙도서관 출판예정도서목록(CIP)은 서지정보유통지원시스템 홈페이지(http://seoji.nl.go.kr)와 국가자료종합목록시스템(http://www.nl.go.kr/kolisnet)에서 이용하실 수 있습니다. (CIP제어번호 : CIP2019037527)

책값은 뒤표지에 있습니다.
저자와 협의 아래 인지를 생략합니다.

이 책은 춘천시문화재단의 후원으로 발간되었습니다.